...pazi, notaire à la résidence de Pampérigous...
...x de Vivette Cornille, ménager au lieudit des Cigalières...
...résentes a vendu et transporté sous les garanties de droit et...
...tes dettes, privilèges et hypothèques, au sieur Alphonse...
...s, à ce présent et ce acceptant, un moulin à vent et à farine,...
...plein cœur de Provence, sur une côte boisée de pins et de...
...abandonné depuis plus de vingt années et hors d'état de...
...es sauvages, mousses, romarins, et autres verdures parasites...
...es ailes ; ce nonobstant, tel qu'il est et se comporte, avec...
...forme où l'herbe pousse dans les briques, déclare le sieur...
...sa convenance et pouvant servir à ses travaux de poésie,...
...et sans aucun recours contre le vendeur, pour cause de...
...re faites : cette vente a lieu en bloc moyennant le prix...
...ète, a mis et déposé sur le bureau en espèces de cours, lequel...
...retiré par le sieur Mitiflo, le tout à la vue des notaires...
...ittance sous réserve. Acte fait à Pampérigouste, en l'étude...
...t Mamaï, joueur de fifre, et de Louiset dit le Quique,...
...qui ont signé avec les parties et le notaire après lecture…

Alphonse Daudet est né à Nîmes en 1840. La ruine de son père le contraint à abandonner ses études, et, âgé de dix-sept ans, il doit travailler comme répétiteur au collège d'Alès, une expérience pénible qui constituera la trame autobiographique de son premier roman, *Le Petit Chose* (1868). Exilé de sa Provence à Paris, Daudet connaît la notoriété dès la publication de ses vers de jeunesse, *Les Amoureuses*, en 1858. Ne cessant dès lors d'écrire et s'essayant à tous les genres littéraires – poésie, roman, nouvelle, théâtre –, il est, un temps, secrétaire particulier du duc de Morny, et collabore à plusieurs journaux. Un séjour provençal au château de Montauban, près du moulin de Fontvieille, en 1864, lui inspire les *Lettres de mon moulin*, qui paraissent en 1869 : sa verve de conteur provençal se déploie dans cette mosaïque de récits au style alerte, pleins de tendresse et de sensibilité, où l'humour côtoie la mélancolie, parfois même le drame. Après la guerre de 1870, Daudet évoque la chute du second empire dans les *Contes du Lundi* (1873). Il chante à nouveau la Provence de son enfance, faisant surgir de sa plume le personnage tonitruant, hâbleur et joyeux de *Tartarin de Tarascon*, en 1872, alors même que triomphe *L'Arlésienne*, drame en trois actes tiré du conte des *Lettres*, dont Bizet compose l'opéra. Admirateur de Zola, l'écrivain s'engage dans la voie du roman naturaliste : exploitant sa connaissance du milieu des affaires et de la politique, acquise auprès du duc de Morny, il écrit *Fromont jeune et Risler aîné* (1874) et *Le Nabab* (1877). Observateur des *Mœurs parisiennes* – recueil de ses derniers romans – Alphonse Daudet, qui mourra en 1897, ne se départira jamais de cette bonne humeur, de cette sincérité dans l'émotion, de cette sensibilité qui imprègnent une œuvre qu'il a définie lui même comme « un singulier mélange de fantaisie et de vérité ».

La Chèvre de Monsieur Seguin

Lettres de mon moulin

Alphonse Daudet

À M. Pierre Gringoire, poète lyrique à Paris

Illustrations : Gemma Sales

Tu seras bien toujours le même, mon pauvre Gringoire ! Comment ! on t'offre une place de chroniqueur dans un bon journal de Paris, et tu as l'aplomb de refuser… Mais regarde-toi, malheureux garçon ! Regarde ce pourpoint troué, ces chausses en déroute, cette face maigre qui crie la faim. Voilà pourtant où t'a conduit la passion des belles rimes ! Voilà ce que t'ont valu dix ans de loyaux services dans les pages du sire Apollo… Est-ce que tu n'as pas honte, à la fin ? Fais-toi donc chroniqueur, imbécile ! fais-toi chroniqueur ! Tu gagneras de beaux écus à la rose, tu auras ton couvert chez Brébant, et tu pourras te montrer les jours de première avec une plume neuve à ta barrette.

Non ? Tu ne veux pas ?… Tu prétends rester libre à ta guise jusqu'au bout… Eh bien, écoute un peu l'histoire de *La Chèvre de Monsieur Seguin.* Tu verras ce que l'on gagne à vouloir vivre libre.

Monsieur Seguin n'avait jamais eu de bonheur avec ses chèvres. Il les perdait toutes de la même façon : un beau matin, elles cassaient leur corde, s'en allaient dans la montagne, et là-haut le loup les mangeait. Ni les caresses de leur maître, ni la peur du loup, rien ne les retenait. C'était, paraît-il, des chèvres indépendantes, voulant à tout prix le grand air et la liberté.

Le brave Monsieur Seguin, qui ne comprenait rien au caractère de ses bêtes, était consterné. Il disait :

« C'est fini ; les chèvres s'ennuient chez moi, je n'en garderai pas une. »

Cependant il ne se découragea pas, et, après avoir perdu six chèvres de la même manière, il en acheta une septième ; seulement, cette fois, il eut soin de la prendre toute jeune, pour qu'elle s'habituât mieux à demeurer chez lui.

Ah ! Gringoire, qu'elle était jolie la petite chèvre de Monsieur Seguin ! qu'elle était jolie avec ses yeux doux, sa barbiche de sous-officier, ses sabots noirs et luisants, ses cornes zébrées et ses longs poils blancs qui lui faisaient une houppelande ! C'était presque aussi charmant que le cabri d'Esméralda – tu te rappelles, Gringoire ? – et puis, docile, caressante, se laissant traire sans bouger, sans mettre son pied dans l'écuelle. Un amour de petite chèvre…

Monsieur Seguin avait derrière sa maison un clos entouré d'aubépines. C'est là qu'il mit sa nouvelle pensionnaire. Il l'attacha à un pieu, au plus bel endroit du pré, en ayant soin de lui laisser beaucoup de corde, et de temps en temps, il venait voir si elle était bien. La chèvre se trouvait très heureuse et broutait l'herbe de si bon cœur que Monsieur Seguin était ravi.
« Enfin, pensait le pauvre homme, en voilà une qui ne s'ennuiera pas chez moi ! »
Monsieur Seguin se trompait, sa chèvre s'ennuya.

Un jour, elle se dit en regardant la montagne :
« Comme on doit être bien là-haut ! Quel plaisir de gambader dans la bruyère, sans cette maudite longe qui vous écorche le cou !… C'est bon pour l'âne ou pour le bœuf de brouter dans un clos !… Les chèvres, il leur faut du large. »

À partir de ce moment, l'herbe du clos lui parut fade. L'ennui lui vint. Elle maigrit, son lait se fit rare. C'était pitié de la voir tirer tout le jour sur sa longe, la tête tournée du côté de la montagne, la narine ouverte, en faisant *Mê !...* tristement.

Monsieur Seguin s'apercevait bien que sa chèvre avait quelque chose, mais il ne savait pas ce que c'était… Un matin, comme il achevait de la traire, la chèvre se retourna et lui dit dans son patois :
« Écoutez, monsieur Seguin, je me languis chez vous, laissez-moi aller dans la montagne.
– Ah ! mon Dieu !… Elle aussi ! » cria Monsieur Seguin stupéfait, et du coup il laissa tomber son écuelle ; puis, s'asseyant dans l'herbe à côté de sa chèvre :
« Comment, Blanquette, tu veux me quitter ! »
Et Blanquette répondit :
« Oui, monsieur Seguin.
– Est-ce que l'herbe te manque ici ?
– Oh ! non ! monsieur Seguin.

– Tu es peut-être attachée de trop court. Veux-tu que j'allonge la corde ?
– Ce n'est pas la peine, monsieur Seguin.
– Alors, qu'est-ce qu'il te faut ? qu'est-ce que tu veux ?
– Je veux aller dans la montagne, monsieur Seguin.
– Mais, malheureuse, tu ne sais pas qu'il y a le loup dans la montagne… Que feras-tu quand il viendra ?…
– Je lui donnerai des coups de corne, monsieur Seguin.
– Le loup se moque bien de tes cornes. Il m'a mangé des biques autrement encornées que toi… Tu sais bien, la pauvre vieille Renaude qui était ici l'an dernier ? Une maîtresse chèvre, forte et méchante comme un bouc. Elle s'est battue avec le loup toute la nuit… puis, le matin, le loup l'a mangée.
– Pécaïre ! Pauvre Renaude !… Ça ne fait rien, monsieur Seguin, laissez-moi aller dans la montagne.
– Bonté divine !… dit Monsieur Seguin ; mais qu'est-ce qu'on leur fait donc à mes chèvres ? Encore une que le loup va me manger… Eh bien, non… je te sauverai malgré toi, coquine ! et de peur que tu ne rompes ta corde, je vais t'enfermer dans l'étable, et tu y resteras toujours. »

Là-dessus, Monsieur Seguin emporta la chèvre dans une étable toute noire, dont il ferma la porte à double tour. Malheureusement, il avait oublié la fenêtre, et à peine eut-il le dos tourné, que la petite s'en alla…
Tu ris, Gringoire ? Parbleu ! je crois bien ; tu es du parti des chèvres, toi, contre ce bon Monsieur Seguin… Nous allons voir si tu riras tout à l'heure.

Quand la chèvre blanche arriva dans la montagne, ce fut un ravissement général. Jamais les vieux sapins n'avaient rien vu d'aussi joli. On la reçut comme une petite reine. Les châtaigniers se baissaient jusqu'à terre pour la caresser du bout de leurs branches. Les genêts d'or s'ouvraient sur son passage, et sentaient bon tant qu'ils pouvaient. Toute la montagne lui fit fête.

Tu penses, Gringoire, si notre chèvre était heureuse ! Plus de corde, plus de pieu… rien qui l'empêchât de gambader, de brouter à sa guise… C'est là qu'il y en avait de l'herbe ! jusque par-dessus les cornes, mon cher !… Et quelle herbe ! Savoureuse, fine, dentelée, faite de mille plantes… C'était bien autre chose que le gazon du clos. Et les fleurs donc !… De grandes campanules bleues, des digitales de pourpre à longs calices, toute une forêt de fleurs sauvages débordant de sucs capiteux !…

La chèvre blanche, à moitié soûle, se vautrait là-dedans les jambes en l'air et roulait le long des talus, pêle-mêle avec les feuilles tombées et les châtaignes… Puis, tout à coup, elle se redressait d'un bond sur ses pattes. Hop ! la voilà partie, la tête en avant, à travers les maquis et les buissières, tantôt sur un pic, tantôt au fond d'un ravin, là-haut, en bas, partout… On aurait dit qu'il y avait dix chèvres de Monsieur Seguin dans la montagne.
C'est qu'elle n'avait peur de rien, la Blanquette. Elle franchissait d'un saut de grands torrents qui l'éclaboussaient au passage de poussière humide et d'écume. Alors, toute ruisselante, elle allait s'étendre sur quelque roche plate et se faisait sécher par le soleil…

Une fois, s'avançant au bord d'un plateau, une fleur de cytise aux dents, elle aperçut en bas, tout en bas dans la plaine, la maison de Monsieur Seguin avec le clos derrière. Cela la fit rire aux larmes.
« Que c'est petit ! dit-elle ; comment ai-je pu tenir là-dedans ? »
Pauvrette ! de se voir si haut perchée, elle se croyait au moins aussi grande que le monde…
En somme, ce fut une bonne journée pour la chèvre de Monsieur Seguin. Vers le milieu du jour, en courant de droite et de gauche, elle tomba dans une troupe de chamois en train de croquer une lambrusque à belles dents. Notre petite coureuse en robe blanche fit sensation. On lui donna la meilleure place à la lambrusque, et tous ces messieurs furent très galants… Il paraît même – ceci doit rester entre nous, Gringoire – qu'un jeune chamois à pelage noir eut la bonne fortune de plaire à Blanquette. Les deux amoureux s'égarèrent parmi le bois une heure ou deux, et si tu veux savoir ce qu'ils se dirent, va le demander aux sources bavardes qui courent invisibles dans la mousse.

Tout à coup le vent fraîchit. La montagne devint violette ; c'était le soir…
« Déjà ! » dit la petite chèvre, et elle s'arrêta fort étonnée.
En bas, les champs étaient noyés de brume. Le clos de Monsieur Seguin disparaissait dans le brouillard, et de la maisonnette on ne voyait plus que le toit avec un peu de fumée. Elle écouta les clochettes d'un troupeau qu'on ramenait, et se sentit l'âme toute triste…
Un gerfaut, qui rentrait, la frôla de ses ailes en passant. Elle tressaillit… puis ce fut un hurlement dans la montagne :
« Hou ! hou ! »
Elle pensa au loup ; de tout le jour la folle n'y avait pas pensé… Au même moment une trompe sonna bien loin dans la vallée. C'était ce bon Monsieur Seguin qui tentait un dernier effort.
« Hou ! hou !… faisait le loup.
– Reviens ! reviens !… » criait la trompe.
Blanquette eut envie de revenir ; mais en se rappelant le pieu, la corde, la haie du clos, elle pensa que maintenant elle ne pouvait plus se faire à cette vie, et qu'il valait mieux rester.
La trompe ne sonnait plus…
La chèvre entendit derrière elle un bruit de feuilles. Elle se retourna et vit dans l'ombre deux oreilles courtes, toutes droites, avec deux yeux qui reluisaient…
C'était le loup.

Énorme, immobile, assis sur son train de derrière, il était là regardant la petite chèvre blanche et la dégustant par avance. Comme il savait bien qu'il la mangerait, le loup ne se pressait pas ; seulement, quand elle se retourna, il se mit à rire méchamment.

« Ha ! ha ! la petite chèvre de Monsieur Seguin » ; et il passa sa grosse langue rouge sur ses babines d'amadou.

Blanquette se sentit perdue…
Un moment, en se rappelant l'histoire de la vieille Renaude, qui s'était battue toute la nuit pour être mangée le matin, elle se dit qu'il vaudrait peut-être mieux se laisser manger tout de suite ; puis, s'étant ravisée, elle tomba en garde, la tête basse et la corne en avant, comme une brave chèvre de Monsieur Seguin qu'elle était… Non pas qu'elle eût l'espoir de tuer le loup – les chèvres ne tuent pas le loup –, mais seulement pour voir si elle pourrait tenir aussi longtemps que la Renaude…
Alors le monstre s'avança, et les petites cornes entrèrent en danse.

Ah ! la brave chevrette, comme elle y allait de bon cœur ! Plus de dix fois, je ne mens pas, Gringoire, elle força le loup à reculer pour reprendre haleine. Pendant ces trêves d'une minute, la gourmande cueillait en hâte encore un brin de sa chère herbe ; puis elle retournait au combat, la bouche pleine… Cela dura toute la nuit. De temps en temps la chèvre de Monsieur Seguin regardait les étoiles danser dans le ciel clair, et elle se disait : « Oh ! pourvu que je tienne jusqu'à l'aube… »

L'une après l'autre, les étoiles s'éteignirent. Blanquette redoubla de coups de cornes, le loup de coups de dents… Une lueur pâle parut dans l'horizon… Le chant d'un coq enroué monta d'une métairie. « Enfin ! » dit la pauvre bête, qui n'attendait plus que le jour pour mourir ; et elle s'allongea par terre dans sa belle fourrure blanche toute tachée de sang…
Alors le loup se jeta sur la petite chèvre et la mangea.

Adieu, Gringoire !
L'histoire que tu as entendue n'est pas un conte de mon invention. Si jamais tu viens en Provence, nos ménagères te parleront souvent de *la cabro de Moussu Seguin, que se battègue touto la neui emé lou loup, e piei, lou matin, lou loup la mangé.**
Tu m'entends bien, Gringoire :
E piei, lou matin, lou loup la mangé.

*Note d'Alphonse Daudet : « la chèvre de Monsieur Seguin, qui se battit toute la nuit avec le loup, et puis, le matin, le loup la mangea. »

Catalogue
Un catalogue de nos éditions est adressé sur simple demande à
MSM
B.P. 20 – 65502 Vic-en-Bigorre Cedex (France)
Tel.: (33) 05 62 31 68 01 – Fax.: (33) 05 62 31 68 08
http://www.msm-editions.fr
e-mail : contact@msm-editions.fr

Conception graphique
Sandra Brys

Photogravure
Bic Graphic

© MSM, 2003.
BP 20, 65500 Vic-en-Bigorre - France

Droits de traduction et de reproduction réservés pour tous pays. Toute reproduction, même partielle, de cet ouvrage est interdite. Une copie ou reproduction par quelque procédé que ce soit, photographie, microfilm, bande magnétique, disque ou autre, constitue une contrefaçon passible des peines prévues par la loi du 11 mars 1957 sur la protection des droits d'auteur.

« Loi n° 49-956 du 16 juillet 1949 sur les publications destinées à la jeunesse. »

Dépôt légal : Janvier 2003
ISBN 10: 2-911515-51-X   ISBN 13: 978-2-9115-1551-4

Imprimé en Belgique par Lesaffre SA - Tournai (Février 2008)

Par-devant maître Honorat
le sieur Gaspard Mitiflo,
et y demeurant : lequel par ce
de fait, et en franchise de
Daudet, poète, demeurant à
sis dans la vallée du Rhône,
chênes verts ; étant ledit mou
moudre, comme il appert des
qui lui grimpent jusqu'au bou
sa grande roue cassée, sa pla
Daudet trouver ledit moulin
l'accepte à ses risques et pé
réparations, qui pourraient y
convenu, que le sieur Daudet,
prix a été tout de suite touché
et des témoins soussignés, dont
Honorat, en présence de Fran
porte-croix des pénitents blanc